문학과지성 시인선 498

동네에서
제일 싼 프랑스

서정학 시집

문학과지성사

문학과지성사에서 펴낸 서정학의 시집

모험의 왕과 코코넛의 귀족들(1998)

문학과지성 시인선 498

동네에서 제일 싼 프랑스

초판 1쇄 발행 2017년 5월 30일
초판 3쇄 발행 2024년 1월 19일

지은이 서정학
펴낸이 이광호
펴낸곳 ㈜**문학과지성사**

등록번호 제1993-000098호
주   소 04034 서울 마포구 잔다리로7길 18(서교동 377-20)
전   화 02)338-7224
팩   스 02)323-4180(편집) 02)338-7221(영업)
전자우편 moonji@moonji.com
홈페이지 www.moonji.com

© 서정학, 2017. Printed in Seoul, Korea

ISBN 978-89-320-3008-1 03810

이 도서의 국립중앙도서관 출판예정도서목록(CIP)은 서지정보유통지원시스템 홈페이지
(http://seoji.nl.go.kr)와 국가자료공동목록시스템(http://www.nl.go.kr/kolisnet)에서
이용하실 수 있습니다. (CIP제어번호: CIP2017012072)

문학과지성 시인선 498

동네에서 제일 싼 프랑스

서정학

시인의 말

이상하게도, 삶은 지속된다. 편집되지도 않고, 축약되지도 않고, 머물지도 않는다. 꽤 세월이 흘렀고, 이상하다고 생각하지만, 이상할 따름이다. 이게 왜 이상한 일인지 가끔 생각해볼 때가 있다. 살면서 이 순간이 이 삶의 하이라이트란 걸 다들, 어떻게 알아채는지. 여긴, 배경음악도 없고, 특수효과도 없고, 플롯도 없고, 하여간 아무것도 없다. 그저 이상하다.

이 책의 가치는, 지금 현재, 인터넷 최저가 신라면 30개들이 반 박스와 같으나 제휴카드를 쓰면 신라면 쪽이 좀더 싸다.

꼼꼼히 비교해보고 사는 것은 삶에 큰 도움이 될지도 모르겠다.

2017년 5월
서정학

동네에서 제일 싼 프랑스

차례

17 흔적

제일 앞자리엔 채리가 앉는다

역시, 시를 쓰는 건 꽤, 황당하게도 그리고 입안에서 오물거리며 씨를 멀리 풋, 뱉는 것처럼 제법 몰지각한, 개인적인 또, 그런 일이다. 그래서 앞자리에 누군가의 채리가 앉아야 한다. 당신은 그 이유를 귀찮게 알 필요가 없다. 그냥 그것만 기억하라.

앞자리엔 채리다

시를 휘휘, 써도 파리 같은 황당함은 어디 멀리 귀찮게 도망가지 않고 오랜 농담처럼 의자에 앉아 있다. 종이는 너무 파리처럼 작고 이 씨를 사는 데 쓴 몇 장의 종이 지폐는 종이 바깥에서 포르말린처럼 앙상한 두 날개로 자유롭게 돌아다니며 세상을 파리처럼 만끽하지만 시를 읽는 당신은 그냥 그것 하나만 읽게 된다. 익숙한 결론,

앞자리 채리

결론은 이미 제일 앞자리에, 개인적 이유로 앉아 있지만 시를 쿨쿨, 읽어도 지겨운 파리를 귀찮게 쫓아 보낼 수 없다. 일상은 편집되지도 않고 축약할 수도 없고 당연히, 간단히 무심히 설명할 수도 없다. 그냥 한 무더기 종이 뭉치가 될 뿐, 남은 일은 누군가에게 그걸 건네주는 것뿐이다. 작고, 한 번 더 쓰겠지만 누추한

앞자리가 중요한가 묻지 마라

중요하지만 당신과는 별 관계없다. 지금까지, 이 시의 가치는 종이 바깥에 있고 그건 내 것도, 또한, 그리고, 심지어 아니다. 씨파리, 날아갔으니까, 가장 앞자리 햇빛에 시달린 붉은 의자가 하나 있고 거기에 앉는 건 당신이 아니니까, 개인적인 건 개인에게 당신은 당신에 그리고 이 앞자리는! 누군가, 아니, 익숙한, 채리의 몫이다.

누군가의 채리가 자리에, 그것도 익숙한 앞에 앉
아야 다음 장을 넘길 수 있다, 지극히 개인적으로.
응. 그러니 애초에 다 정해져 있는 거다. 씨니까

초현실적인 기계장치와 푸른 나무들

1.

숲 한가운데 떨어진 당신은 곧, 나무둥치에서 붉은색 버튼을 하나 발견한다. 주위를 두리번거리지만 햇살도 잘 들어오지 않는 울창한 숲이다. 이름 모를 새들이 지저귀고 있지만 신경 쓰지 말자. 저 단순한 형태의 붉고, 커다랗고, 누르고 싶어지는, 누를 수밖에 없는 친근한, 둥근 버튼이 제일 눈에 띄니까. 풀벌레들이 뛰어다니고 숲의 냄새가 짙은 안개처럼 감싸고 있지만 당신의 두 눈은 그저 버튼만 바라보고 있다. 발밑의 푹신한 이끼와 축축한 흙들도 붉은색 버튼을 향한 당신의 관심을 돌리지 못한다. 한 걸음 가까이 다가가본다. 숲 한가운데 당신은 서 있고 당신을 둘러싼 나무들, 가지들이 바람에 하늘거리며 소리를 낸다. 손을 뻗어 눌러볼 텐가, 나뭇잎들이 하나둘, 떨어지고 당신은 숲 한가운데 서 있다.

2.

울창한 숲의 비밀스러운 움직임은 당신이 보고 있는 그 붉은색 버튼 하나에 비하면 별것 아니다. 떨어지는 나뭇잎처럼 호기심은 눈을 멀게 하고 숲에 어둠을 뿌린다. 눈을 감아도 그 붉은색은 선명하게, 더 실감나고 생생하게 당신의 눈에 각인되어 있다. 울창한 숲 한가운데 떨어졌던 당신은 이제, 버튼을 누르고 싶다. 숲 어디에도 가지 못하고 버튼 앞에 뿌리 내린 당신. 느슨한 집착을 즐기는 당신, 신비한 무언가를 기다리는 당신. 쓸쓸한 당신. 지루한 당신. 누르, 고싶다누, 르고싶다, 누르고 싶다. 나무들이 바람에 흔들린다. 가지들이 소리를 낸다. 당신은 그렇게, 나무가 된다. 울창한 숲 한가운데 서 있다.

3.

O

누르지 마시오.

중요하지 않은 뭔가의 부국장,
그리고 그의 청춘.

그 회사 부국장이 또 시를 쓴다. 아니, 그런 자리에 있음 하는 말 한마디가 모두 중요하지 않겠어요. 정오를 가리키는 벽시계. 불볕더위에 점심으로 먹은 육개장은 배 속에서 요동치고, 데스크 앞에 앉아 멍하니 먼 산을 바라보는데.

에세이나 소설도 아니고 시를 또, 쓴다. 한 말 또 하고, 한 말 또 하고. 끝없이 반복되는 부국장의 넋두리는 나무 걸상에 쭈그리고 앉은 현대인의 삶을 좀더 단조롭게 만들기도 하는구나. 모던한 스타일이라고 그저 한탄해본다.

미친 거 아니에요? 사무용품이 부족한 것도 아니고 도대체, 복사기 앞에서 투덜거리는 미쓰김은 종일 갈피를 잡지 못하고 꾸역꾸역 결재 서류를 들이민다. 주판으로 얼굴을 확! 하지만 오늘은 애석하게도 그런 날이 아니다.

청춘의 문턱에서 별 중요하지 않은 뭔가를 하루 종일 ㄲ적인다. 볼펜을 쥔 저 살찐 손모가지. 화들짝 놀라 회전의자가 빙글 돌고, 결국, 꼬인 수화기를 든

건 박대리였다. 사무실 철제 캐비닛을 열어 서류철 더미 위에 꾹.

민방위 사이렌 소리 같은 전화벨. 매일, 회사 앞 식당의 육개장은 끓어 넘치고 누런 갱지에 시를 쓴 단다. 정성 들여 한, 자 한자 볼펜으로 정서하는 빛바랜 점심시간. 라디오에서 읽어주는 엽차 같은 시. 물론, 불볕더위에 땀은 흐르고.

책임은 안 지고 권리만 누리겠다고 선언하는, 그 번듯한 가르마. 거래처에서 돌아오자마자 난데없이 평지풍파를 일으켜보지만 포마드 기름이 뚝, 뚝. 하지만 사무실 벽에 걸린 벽시계는 초침을 꾹꾹 돌리고.

책상을 탕, 내리치는 부국장의 뺨은 붉다. 갱지들이 날린다. 벽시계가 삐걱거리며 돌고, 미쓰김과 박대리는 침을 꿀꺽, 삼킨다. 역전 다방의 엽차 같은 맹한 맛이 사무실 가득 넘치고, 서로 눈을 마주치지 않으려 노력하는데.

청춘이 간다. 오후의 불볕더위를 넘어,
사무실 낡은 소파 위를 지나
정성껏 눌러쓴 갱지, 글자들 사이로
별로 중요하지 않은 부국장을 데리고 간다.
잘만 간다.

인스턴트 사랑주스

물을 붓고 3분만 기다리면 바로 사용할 수 있다는 말에 떨리는 손으로 봉지를 뜯었다. 날은 추워지고 또 몸은 젖었으니 그것밖에는 딱히 방법이 없었다. 몇몇은 기대에 찬 얼굴로, 또 다른 몇은 의심을 가득 담고 또 몇은 관심 없다는 듯이 등을 보인 채 앉아 있었지만 모두들 눈은 손에 든 봉지를 바라보고 있었다. 사랑은 사람 키 높이까지 쌓아 올린 캠프파이어 모닥불처럼 3분 만에 활활 타올랐다. 누군가 인스턴트라서 금방 꺼질 거라고 했지만 쉽게 꺼지지도 않았고 제법 쓸 만했다. 아, 애초에 사랑이란 게 그런 거 아니었나. 금방 타오르고 금방 꺼지고. 옹기종기 모여 앉은 그들의 얼굴이 환해졌다. 다행이 보급받은(그리고 아슬아슬하게 챙겨올 수 있었던) 종이 상자 속에는 몇 봉지나 더 들어 있었다. 밤은 멀고, 우리는 봉지를 하나둘, 씩 뜯어 물을 붓는다. 왜, 너희끼리 사랑하지 않느냐고 묻지 마라. 사랑은 그런 게 아닌 걸 우린 너무 잘 안다. 그래서 잘 빻아서 가루가 된 사랑에 물을 붓고 잠깐 기다리는 게 이 상황에서 정답인 것도 너무 잘 안다. 그리고 그런 게 그런 거라는 것도 이미 알고 있다. 활활, 활기찬 이 얼굴들은 모두 3분짜리라는 것도.

06 상자

대답 없는 레베카

시계를 봤다. 11시 49분. 얼마 남지 않은 시간 동안 레베카는 궁금했던 것들을 물어보기로 했다. 제임스는 엘리베이터 천장을 뜯어내기 위해 안간힘을 쓰고 있었다. 그의 팔뚝이 부풀어 올랐다. 연기가 차오르고 있었고 조명은 깜박였다. 케이블에서 텅, 텅, 거리는 소리가 났다. 둘 사이에 몇 개의 침묵이 오갔다. 탁구공처럼 경쾌하게.

저기 제임스?

레베카는 떨리는 목소리로 제임스를 불렀다.

응?

그는 레베카를 돌아보지 않았다. 맨손으로 볼트를 뜯어내려는 노력을 계속하고 있었다. 손에서 피가 흐르고 있다. 레베카는 물어봐야만 했다.

자몽은 다 먹었나요?

응?

제임스는 볼트에서 손을 떼며 의아한 표정을 지었다.

아까, 그 자몽 말이에요. 샐러드바에서 훔친 그것.

아아, 그거 말이지. 버렸는걸.

제임스는 대수롭지 않다는 듯 대답한 후에 다시 작업에 열중했다. 레베카는 아쉬운 표정을 지었다. 탁구채 같은 그의 손이 천장을 텅, 텅 치고 있었다. 그의 손에서 붉은 피가 흐른다.

제기랄.

시계를 봤다. 11시 51분. 시간이 얼마 남지 않았

다. 레베카는 다시 한 번 용기를 내야만 했다.

왜 버린 거죠?

응?

왜 먹지 않았냐고 묻는 거예요.

먹고 싶지 않았어. 중요한 일이야?

레베카는 손목시계를 풀어 그에게 내밀었다. 제임
스는 레베카의 얼굴을 바라보고 있었다. 연기 때문
에 레베카의 얼굴이 잘 보이지 않았다.

중요하진 않아요. 하지만.

**넌 지금 어떤 상황에 처해 있는지 모르겠니? 자몽이
무슨 의미가 있지?**

제임스가 고함을 질렀다. 엘리베이터가 흔들렸다. 탁구공들이 텅, 텅, 튀어 올랐다. 시간이 다 되었다는 것을 알리는 신호였다. 레베카가 힘 빠진 소리로 대답했다.

전, 먹고 싶었다구요. 마지막으로 자몽이.

응?

그리고 시간이 되었다.

종이상자

그들은 공연을 위해 왔다고 했다. 종이상자 몇 개를 엎어놓은 듯한 그들의 비행선은 너무도 낡아서 한눈이라도 팔았다가는 금방, 수거해 가버릴 것만 같았다. 그들도 사실을 알고 있는지 누군가 한 명은 꼭 남아서 비행선을 지킨다고 했다. '뜨거운 사랑'이라는 글자가 박힌 몇몇 부품은 이미 재활용된 듯했지만 그들은 크게 신경 쓰는 눈치는 아니었다. 이미 돌아갈 곳도 없었으니까. 초전자행성전문파괴강력무시더듬광선에 의해 파괴된 자칭 '아름다웠던' 그들의 행성. 그들의 음악은, 우주를무한대의육감으로마구더듬는스페이스락,이라는 그들의 전우주적인 수사에도 불구하고 내 귀에는 그저, 춤추기에 적당한, 그러나 박자가 좀 어리숙한 댄스음악 같았다. 무대에 서기 위해서는 더 노력하라는 쇼프로 프로듀서의 말을 들었다며, 그들 중 하나가 눈물을 흘렸다. 몰락한 왕조의 구슬픈 삶처럼 노력 없이 되는 것은 없다는 걸 깨달았다나, 그들이 뜨겁게 사랑받을 수 있는 새로운 행성을 찾아 떠나고 싶다고 했다. 뜨거

운 사랑을 원료로 하는 종이상자가 바람에 흔들거렸
다. 그들은 연습을 위해 밤늦게까지 웅얼거리며 시
체처럼 힘없이 걸어 다닌다. 빨리 비행선이 날 만큼
사랑을 모아 집 마당이나 비워줬으면 좋겠다.

뜨거운 사랑

그들은 지구가 물로만 이루어진 행성인 줄 알았다고 했다. 변변한 방수 시설도 되어 있지 않은 종이상자 같은 우주선은 언제나 바다에 착륙해서 몇 분 만에 깊은 심연으로 잠겨버리곤 했기 때문이다. 담요를 어깨에 두르고도 부들부들 떨고 있던 그들 중 한 명이 자신이 첫번째, 혹은 두번째로 이 땅에 제대로 착륙한 외계인이라고 우겼다. 다른 하나는 60억 자기 종족이 끊임없이 새 땅을 찾아 떠났으므로 아마도, 지구에 성공적으로 정착한 이들도 있을 거라 우겼다. 골목 곳곳에 서 있는 종이상자들이 그 증거라고 목이 멘 채 말했다. 뜨거운 코코아를 마시며 그들에게 지금 당장, 그리고 즉각적으로 필요한 것은 뜨거운 사랑이라고 했다. 이따위 배부른 패스트푸드나, 최첨단 기술로 만들어진 추위를 막는 항공 담요, 편안한 안마의자가 아니라고 했다. 그들 모두 사랑에 목마르고 배고프고 떨고 있다고 했다. 그들 중 하나가 흠뻑 젖은 종이상자를 어루만지며 사랑,이라고 외쳤다.

그 소리가 너무 뜨거워서 다들, 아앗, 하며 아픈 표정을 지었다.

종이상자 선반

주위는 온통, 어두웠고 움직일 때마다 사각거리는 소리가 들렸다. 당황한 나는 신음 소리를 낼 수밖에 없었다. 스티로폼 같은 물컹하면서도 경쾌한 탄력이 입안 가득 퍼졌다. 움직일 수가 없었다. 사랑 한 점 없는 관 속에 들어 누운 듯, 답답했다. 손 하나를 뻗어 벽을 만져보니 매끈한 종이 질감이 느껴졌다. 사방이 벽이었다. 온통, 막혀 있었고, 온통, 어두웠다. 어둠에 눈이 적응하자 어디선가 나지막한 소리가 들려왔다. 당황한 나는 식은땀을 흘릴 수밖에 없었다. 온통,이었다. 벌어진 틈으로 다른 상자들이 늘어서 있는 것이 보였다. 쭉, 끝나지 않는 종이상자들의 행렬, 선반 위에 놓여 있었다. 가격표가 보기 좋게 붙어 있는, 쇼핑 카트들이 굴러가는 소리가 들려왔다. 온통, 수만 개의 종이상자들이 틈 사이로 보였다. 손 하나가 상자를 집어 던졌다. 경쾌한 마감 시간이 다가오고 있었다.

아드레날린

아직도 피가 흐르는 파이프를 들어 보였을 때 심장은 터질 것 같았다. 행복의 길이는 공포, 그 당당한 단단함에 반비례했다. 역겨운 웃음소리가 주변을 울렸다. 나도 울 뻔했다. 재빨리 주위를 살펴보았다. 산소와 포도당이 불현듯 포화 상태에 이르렀다. 몸은 조금씩 수축되고 허겁지겁 먹어치웠던 빅맥은 커다란 위 속에서 얼어붙었다. 역겨운 웃음으로 덮인 흐리멍덩하고 어눌한 눈동자가 지독하고 지리한 어둠 속에서 더욱 커져 오늘따라 유달리 귀엽고 깜찍하게만 보일 테지. 그를 사랑할 수는 없을 것이다. 공포는 흐리멍덩하고 어눌한 안개처럼 길을 울렸다. 32킬로미터 전방의 전등 불빛이 부서지고 있었다. 나도 한계에 다다랐다. 우물거리는 소리를 들은 듯, 한계가 정말 다가왔다. 간과 뇌에서 만들어진 형형색색의 글리코겐이 떠다니고 있었다. $C_9H_{13}NO_3$. 이제, 심장이 늘어지고 있다. 안개를 날려버리려는 듯 파이프를 휘두르는 소리가 조금씩 느려지고 있다. 역겨운 웃음은 이제 그만두어야 할 때였다. 나도 그만큼의 여유는 없으니까.

종이상자 연구소

연구는 그냥 하는 거죠. 일상입니다. 연구원(38세) 씨는 겸손하게 말했다. 사랑이 담기는 종이상자는 재질이 다르냐는 기자의 질문에 약간 당황한 표정을 짓더니, 코팅입니다,라며 멋쩍게 웃었다. 우리는 언제나 연구합니다. 잠도 부족하죠. 게다가 박봉이랍니다. 와이프는 김밥을 말고 있습니다. 중국산 재료는 일절 안 써요. 연구원씨는 약간 부끄러운 표정을 짓더니, 삶입니다,라며 얼굴이 빨개졌다. 연구는 힘든 일입니다. 별로 알아주는 사람도 없어요. 담겨 있는 내용이 중요하지 종이상자 따위가 뭐 중요하겠어요. 버려진 상자는 마음 따뜻한 오늘의 내일이다. 기자는 조심스럽게 손을 뻗어 악수를 청했다. 플래시가 몇 번 터지고 연구원씨는 연구소로 해맑은 미소를 지으며 돌아갔다. 월요일 책이 나온다는 기자의 말을 듣고, 박봉에도 불구하고 두, 권을 구입할까 생각했다. 연구원이 되길 잘했다는 생각과 함께. 인터넷으로 주문하면 그의 엉성한 웃음이 담긴 책 두 권이 종이상자에 담겨 배달될 것이다.

종이상자 공장

사장의 모토는 언제나 필요한 사람에게 필요한 물건을!이었다. 사장은 뿌듯한 눈빛으로 헛기침을 하며 생산라인을 바라보고 있었다. 몇 가지 필요한 재료들만 있다면 무엇이든 만들 수 있다. 아, 만세! 대량생산!만이 살 수 있는 유일한 법이지. 사장은 거들먹거리며 공장을 순시한다. 돈! 돈이 최고야!라고는 입 밖으로 내뱉!지는 않았지만, 입술을 보면 알 수 있는 것 아니겠어! 오해야! 침을 뱉는 고객들과 젓가락을 집어 든 공원들, 그리고 사장. 인쇄기가 큰 소리를 내며 문구!들을 인쇄하고 있었다. 취급주의! 반품불가! 점입가경! 유색인종! 종이를 접는 접지기는 큰 소리를 내며 상자들을 접고 있었다. 아름다운 시! 주마간산! 상장기업! 상담간조! 상자들은 창고에 차곡차곡! 쌓여 곧, 필요한 사람에게 필요한 물건을! 보낼 것이다. 공장에서는 계속해서 종이상자가 생산되고 있었다. 사장은 떨리는 목소리로 옛날을 회상한다. 풀칠을 하고 종이를 접고 쌓아 올리고 그리고 돈!을 받았지. 몇 가지 필요한 재료들이 있었어. 뭐든 만들 수 있던 시절이었던 거야. 지금도 마찬가지지만, 별다른 감정!이 있어서 그런 건 아니야. 알겠지? 별 뜻 없이 시작한 일이었다구! 지금에 와서는 이렇게 거대하고 아름답고 위대한 공장이 되었지만. 그 시작은 풀칠이었으나 끝은 테크놀로지리라. 사장의 눈빛이 교활하게 빛난다.

비밀

어제로 두 살이 된 딸을 안고 걷는다. 생일을 축하하는 파티가 강변 공원에서 열렸다. 붉은 폭죽이 터지고 사람들이 슬금슬금 모였다. 아빠, 이리로, 붉은 샴페인 잔을 든 남자가 내 곁에 다가와 나지막한 목소리로 말을 꺼냈다. 이제, 사실은, 어제로 네 살이 된 아들을 하나 더 갖게 되었다. 비밀이 없으면 드라마가 재미없어져. 아내는 샴페인을 받아 마시고 있었다. 나는 모르고 있었지만 곧 학교에 들어갈 딸 하나가 더 있다고 했다. 전철에서 어제 날짜의 신문을 보고 있는데 옆에 앉은 아줌마가 쇼핑백을 바닥에 내려놓으며 친절히, 그러나 귓속말로 가르쳐주었다. 나는 아, 그때였군, 하고 생각했다. 아이들은 자란다. 거친 벌판에 피어난 갈대처럼, 비밀은 조용히 퍼져나갔다. 샴페인 잔 속에 떨어진 붉은 핏방울처럼. 지하실에 가두어놓은 여덟 명의 아이들이 탈출했다는 연락이 문자메시지로 왔다. 다리를 저는, 붉은 딸 하나만 붙잡고 나머지는 도망쳤다. 내가 채찍으로 때렸다는 것은 모두가 다 아는 사실이었다. 나는 식탁에서 커피를 마시며 어제 날짜의 신문을 보고 있었다. 그 할머니는 나를 아빠,라고 불렀다. 비밀은 계속해서 울고 있었다. 벨이 울리고, 문이 열리자, 붉은 드레스의 여자가 드디어, 내 품으로 뛰어들며 낯선 억양의, 아빠,라 외쳤다. 이제, 두 살이 된 딸의 머리를 묶는다. 아빠,라고 어젯밤, 누군가 내 귀에 비밀처럼 속삭였다.

04 연맹

우리 사이에는 아무것도 없다

얼룩말이 뛰어노는 평화로운 들판, 염소 똥들이 굵직한 냄새를 내며, 저 멀리 노을들을 불러오는 초원, 우리 사이에는 아무것도 없었다. 얼굴에 스며든 라일락 냄새가 우리를 불타게 했다. 붉은 노을이 한가롭게 지고, 세상은 거대한 우리였다. 우리는 달이 떠오를 때까지 아무것도 없었다. 모닥불이 번져가고 있었다. 우리는 밝은 쪽을 향해 뛰었다. 평화,라는 단어를 입 밖으로 뱉을 수가 없었다. 야생의 말이 하늘을 향해 울었다. 불타오르고 있다, 어디서든, 우리는 텅, 텅 비어, 머리카락 몇 개가 날릴 뿐이었다. 누가 돼지를 칠 것인가. 닭들은 달을 향해 날아올랐나, 아무것도 없다는 것을 인정해야만 했다. 얼룩덜룩, 재치 있는 말들이 달을 향해 울었다, 그래, 아무것도 없다. 우리에는. 아무것도. 우리 사이에는 아무것도 없음을 시인해야만 했다.

인천 미식가 클럽

　시험에 떨어진 것은 전날 미역국을 먹어서였다고 평계를 대자 누군가 엽상부 전체 모양이 난원형 또는 피침형이라고 이야기하였고 우상으로 갈라지고 표면에 많은 털집이 있는 것이 꼭, 날백수 같다고 그랬다. 그날의 주제는 미역이었다. 어떤 회원은 개재생장이라는 단어를 사용하였다. 그것이 사실이었으므로 아무도 반론을 제기하지 못하였지만 점액선에서 점액질을 분비하므로 엽체 표면은 미끌거린다는 지적이 뒤따랐다. 신맛을 특히 좋아하는 회원 하나가 미끈한 미역의 점질물 때문에 미역에 사람이 붙어 있는 것은 반칙성 기술이라고 하였다. 그가 탁자를 탁, 치며 대장각은 3월부터 5월에 생산된다고 외쳤다. 상품은 흑남색이며 미역발이 짧게 붙어 있다. 또한 하품은 흑황색이며 염분이 피고 늦게 생산된다고 한다. 아마도 웹사이트 서핑을 통해 미역을 접한 것임에 틀림없었다. 꿈꾸는 얼굴로 허공을 가르고 있던 회원이 있었는데 손으로 만져보아 촉감이 부드러운 것이 좋으며 색깔은 선명한 녹색에 반투명한 것이 좋다며 미역이 살인 도구로 쓰이는 것은 너무 작위적이고 모던한 일이라고 불평했다. 그리하여, 미역의 지나친 도구화에 반대하는 사람들의 모임이 클럽의 소주제로 결의되었다. 그녀는 그런 것에는 반대하나 지나치게 숙성된 미역은 질기고 맛도 없다고 하며, 건조 미역은 100그램 당 칼슘이 920밀리그램이 들어 있다고 말하여 사실상 승인한다는 의견을 밝혔다. 클럽의 공식적인 일정은 거기까지였다.

인천개포구연수동국제사탕조합대표자회의제7차대회전야제기념식장

수줍게 중얼거리는 그의 표정은 대표자회의의 대표로 보이지 않았다. 종합선물세트에 의문을 품은 사람들은 너무도, 일찍, 자리를 떴다. 썩은 이빨들이 더욱 음산하게 보이던 무대는 환하게 밝아졌다. 붉은색 사탕 봉지들이 우수수, 바람에 날렸고 이제 회의는 절정에 와 있었다. 6차 대회의 성과물은 너무도 미약하여 어떤 결단을 내려야 할 때가 된 것이다. 달콤함과 끈적함 사이에서 각 위원회의 막후 접촉이 있었다. 버려진 사탕이 바닥에서 부스러져 대표의 퇴장을 막았다. 아마도, 반대파의 테러였을 것이다. 남자가 사랑하는 사람에게 사탕을 주기 위해서도 꼭 필요한 것이라고 강변하는 그의 표정은 대표자회의의 대표다운 구석이 전혀, 없었다. 그 회의의 하이라이트는, 단어를 틀리게 발음한 것이었다. 입에 고인 침 때문에 달콤한 사랑은 아무도 원하지 않았다. 달콤한 사람도 원하지 않았고 달콤한 사탕이 필요한 자리였다. 대표는 당황한 나머지 불을 *꾜*라고 외쳤고, 그의 요구대로 회의는 어둠 속에 잠겼다. 놀리기

위해 누군가 사탕을 쭉, 쭉, 빠는 소리가 정적을 메
웠다.

선착장

　계획은 아무 차질 없이 진행되고 있는 듯 보였다 그녀가 나의
손을 잡아끌었다 우리는 나이트클럽의 뒷문을 향
해 달렸다 다른 루트로
　잠입하던 일행은 총살되어 광장에 매달려 있다

　골목길에서 지도와 부품을 넘겨받았다 연합군의
작은 희망!
　이라고 인쇄된 종이상자 하나

　자유 도시락 tel 01n - 91f1 - 15t5

　그녀는 나의 손을 꼭 잡아주었다 종이상자를 가방
에 넣었다 좋은 여자다
　여관으로 돌아오는 길은 조용했다 빗방울이 몇 개
얼굴에 떨어졌다

　화장실 변기에 앉아 지도를 펼쳐 보았다 배달할

장소는 굵은 매직으로

　　표시되어 있었다 인천 기념물 제8호 선착장 상자
를 귀에 대고 살짝 흔들어보았다

　　성공적인 간척 사업으로 선착장은 이제, 아파트와
유원지의 중심에 서 있다

　　기분이 좋아졌다 이번 배달은 성공할 테지, 광장
에 매달린 동료들이 빗속에서

　　울고 있다 검고 거대한 배가 깃발을 날리며 폭풍
속 거친 바다를 항해하고 있다

　　나는 내일 선착장에 갈 것이다

　　도시락은 정확히 배달될 것이다

　　계획은 계속 실행될 것이다

주체 자유민주 국제연맹 최북단
간이사무소 연락지국 1525호

　사무실 창문에는 봄의 따뜻한 햇살, 오늘도 역시 평화로운 하루다. 점심 도시락을 가지고 온 연락원이 당황한 표정을 짓고 서 있다. 곤란하긴 나도 마찬가지. 단무지 금방 가져다드릴게요. 물론, 젓가락도 필요하다. 이 사무실보다 북쪽에는 아무것도 없다. 가끔씩 국경을 넘어오는 동지들이 있긴 하지만, 그들은 도대체 어디서 오는 걸까. 봄이 죽어가고 있다. 위대한 과업 달성률은 아직도 소수점 몇 자리에 머물러 있다. 도시락 뚜껑에 분필로 그은 몇 개의 선. 이젠 먹고 살아야 한다. 굶어 죽는 것은 과업에 아무런 도움이 되지 않는다. 곤란하긴 도시락도 마찬가지. 지국장은 고개를 흔들며 자기 자리로 돌아간다. 그의 왼쪽 눈은 몇 년 전 투쟁에서 잃었다. 오른쪽 눈곱 낀 눈은 충혈되어 있다. 화가 나 있는 거다. 나는 연락원을 사무실 문 앞까지 배웅한다. 제발 빨리 해결해주시오. 곤란하긴 모두 마찬가지다. 다음 연락 시간까지는 열한 시간이나 남아 있기 때문이다. 연락원은 오후에 비상연락망을 점검해야 한다며 투덜거린다. 숲을 지나고 개울을 건너 사무실과 사무실을 연결해야 한다. 이 죽음의 폐허 속에서도 제대로 투쟁을 하고 있는 동지들이 있는 것이다.

사무실 메일 박스의 스포츠신문을 꺼내 들었다. 동지들이 새로운 봄을 보내왔나 보다. 오후가 졸고 있다. 곤란하게도 햇살에 등이 따뜻하다. 달성률 따위 알 게 뭐냐.

도파민

그가 도시락을 열었을 때 검은콩으로 만든 '자유'라는 글자가 보였다. 동료들은 모두 신음했다. 그와 그의 가족은 반란군의 일원이었던 것이다. 하긴, 로커룸에서 본 그의 팬티 한 귀퉁이에는 '사랑'이라든가 '믿음' 따위의 글귀가 수놓아져 있기도 했다. 은밀한 징조들. 그러나, 그의 동료들은 모른 척, 감독관이 오기 전에 그의 도시락을 먹어버렸다. 보지 않으면 믿지 않으니, 먹어버리는 것은 좋은 방법이었다. 빠르고 정확한 동료들의 젓가락질로 콩은 한 톨 한 톨 사라져 '자유'는 '자위'가 되었다가 '지위'가 되었다가 '지우'가 되었다가 '기으'가 되었다가 완전히 지워졌다. 흰 밥과 김치 국물 자국만 남았다. 함께 먹어버리는 것은 그들만의 독특한 해결법이었다. 확실한 징조들. 반장이 감독관의 눈을 피해 그에게 '자유'는 집에서 조용히 처먹는 것이 좋겠다고 점잖게 충고를 했다. 그는 뭐가 좋은지 연신 뺨을 썰룩거리며 호탕하게 웃을 뿐이었다. 오후 작업 시간을 알리는 사이렌이 울리자 그는 동료들의 등을 툭, 툭, 쳐

가며 앞서 작업장으로 향했다. 멀리서 알파 시뉴클레인이 결합한 것처럼 감독관의 호루라기 소리가 들렸고 동료 중 누군가가 '자유'를 소화한 대가로 방귀를 한 차례 뀌었다.

써라!

빨리, 써라! 제발 아껴서 써라! 땅을 파도 안 나오는, 이건 정말 못 해먹겠네, 적당히 시간은 없고, 줄— 줄— 써 내려가야 한다. 새 문서, 새 웹페이지, 새 전자메일 메시지, 줄— 줄— 잡음이 낮게 깔리고 있었어. 새로 써라! 문서 선택, 기존 문서에서 새로 만들기, 서식 파일에서 새로 만들기. 순서에 맞게 한 가지만 써라! 문화시민이니까 줄— 줄— 한 줄로 써라! 줄— 줄— 썩둑, 새 나가는 머리카락들, 무조건 써라! 명쾌한 이 키보드를 써라! 줄— 줄— 이 상표를 써라! 꼭, 그걸 써라! 다른 걸 쓸 수 없다는 건 모두가 다 아는 사실. 제발, 신경 좀 써라! 네 엉덩이에 그 느낌을 써라! 웅장한 돌비 써라!운드의 글자들을 맛본다. 웬만하면 어려운 발음, 줄— 줄— 흐르는 침. 혀끝에 남는 이 둥글둥글하고 쏩쓸한 느낌, 써라!

인천 세관 도착 환영회

목에 꽃다발을 걸어준 아이에게서
지루하게도 또, 그 이야기를 들었다.

세상에서 가장 싫은 일은 들은 이야기를 또 듣는 것.

통관된 것은 너의 마음이었다.
관세도 물지 않고,
손쉽게 컨테이너에서 내려져
황량한 바다를 건너
도무지 알 수 없는 침묵을 뚫고
너의 손을 떠났다.

박스가 도착했다.
밴을 부르며 상자를 싣는다.
세관원들이 길을 막았다.
검역필이란 도장이 찍혔다.
모래바람이 불었다.
눈물이 눈을 떠났다.

세상에서 두번째로 싫은 일은 했던 이야기 또 하
는 것.

붉은 볼펜으로
얼룩덜룩하게 기호를 그려가며
심사서를 작성하다.
제출하기 위해 줄을 섰지만
접수 창구에는 아무도 없었다.
볼펜은 밀수를 떠올렸다.

세상에서 세번째로 싫은 일은 이야기를 하지 않으
면 안 된다는 것.

주의, 깨지는 물품을 나타내는 스티커가
너덜거린다. 어두운 컨테이너 속에서
오랫동안 햇빛을 보지 못한
박스가 세상이 눈부신지

덜컹거리기 시작한다.

바다
항구
길가
집앞
문앞
책상

그 아이는 차가워진 귀에 이곳이 비과세자유무역
항이며 아무도 관세 걱정을 하지 않는다고 다정스럽
게 이야기해주었다.

너의 손을 떠난 박스가 어느덧 책상 위에 관세도
물지 않고 올려져 있었다
다시 한 번 말하지만 정식으로 통관되었다.

컴포지션 넘버포

　천연기념물 백구십사 호 안경줄무늬 올빼미도 툭, 툭, 졸고 있는 깊고 짙은 검은 어느 지루한 조용한 밤, 박사는 현미경에서 붉게 충혈된 눈을 뗀다. 패턴은 단순하고 삶은 지루하고 밤은 단조롭다. 밤은 너무 깊고 약간 무겁고 시큼한 냄새가 나지만 아무 소리도 들리지 않는 무거운 공기, 현기증 나는 새벽 네시, 밤이 그와 함께 있다.

　새벽 네 시에 너는
　석고보드로 된 얇은 벽을 툭, 툭, 때리며
　울고 있다

　한번 노린 대상은 실수 없이

　헤어진 애인을 생각하며
　마신 행복과 절망과 잡담과 외로움
　아 단순하고 단조로운
　새벽 네 시

박사는 기하학적인 문양의 도면을 정리한다. 몇 천 장의 도면들과 뜨거운 것들과 자유로운 선의 흐름을 생각한다. 붉게 충혈된 눈으로 허공에 나타난 다채로운 색들을 본다. 천연기념물 백사십육 호 안경줄무늬 올빼미가 툭, 툭, 졸고 있는 통일된 배열을 의미하는 정지된 구도의 다양성이 강조되는 균형감을 상실한 특별한 원칙 없는 기대에 부합하는 밤. 신선한 새벽 네 시, 밤이 그와 함께 있다.

연애드라마

1.

그녀는 **실연**당했다.

2.

그녀는 **화상**을 입었다.

3.

그녀는 **불치병**이다.

4.

문 틈에 끼었다.

5.

부정확하고 몰지각하지만 그럴싸했던 두 번의 실연 뒤에 그 뜨겁고도 감미로운 입김에 화상을 입은 그녀는 베일에 싸여 병원으로 옮겨져 마음에 굵게 응어리진 몇 가지 병을 열심히 치유하려 했으나 두 번 다시는 싱겁게도 그 문을 나설 수 없는 귀찮고도

이상한 신세가 되어버렸다.

6.

다음 시간에

00 프랑스

동네에서 제일 싼 프랑스

스무 개가 겨우 천 원이라는 상상 초월 대박 가격에 모든 사람들은 뛰기 시작했다. 재료값도 안 나오는 착한 가격! 안 사는 것이 손해! 붉은 글씨로 빼곡히 적힌 불어 현수막은 들이닥친 사람들의 발밑 바닥에서 뒹굴고 있었다. 누군가 필사적으로 에펠탑을 향해 소리치며 누군가는 큰 소리로 라데팡스를 향해 울었다. 붉은 나비 같은 유로가 하늘을 향해 아름다운 디자인을 뽐내며 날고 있었다. 종이상자를 양손에 들고 아무도 접근하지 말라며 경고한다. 프랑스에서 만든 것은 프랑스로! 점장은 고객들의 품 가득 사은품을 챙겨 주느라 분주했다. 본전이나 뽑을 수 있을지 모두들 걱정하는 가운데 그 많던, 프랑스가. 결국 매진되었다. 눈가가 붉게 물든 점장은 전단지를 둥글게 말아 격양된 악센트의 불어로 모든 이들에게 감사 인사를 전했다. 매장 바깥에서 누군가 주차된 차들 사이로 화염병을 던져 하늘이 붉게 물들었다.

이게 다 아름다우면서도 저렴한 프랑스 덕분이다.

앗, 프랑스

문득,

창밖으로 엠파이어스테이트빌딩이 보였다. 문뜩, 13년이나 살면서 왜 저기에 가볼 생각을 못 했지, 멸치 몇 마리와 마시던 맥주를 내려놓고 나는 무뜩, 우비를 걸쳤다. 창밖에는 비가 내리고 있었다. 여태 울고 있던 시계를 쓰레기통에 툭, 던져 버렸다. 어차피, 할 일이라고는 TV를 보는 일밖에 없었으니, 우산을 아무리 찾아도 보이지 않고 노란 우비만 보였다. 엠파이어스테이트빌딩이 세상에서 제일 높다. 비가 오는 날에는 할 일이 없다. 빌딩의 실루엣을 향해 걷기 시작했다. 택시를 불러볼까 생각했지만 역시, 13년이나 살았지만, 택시를 타본 적이 없다는 걸 깨달았다. 발에 물이 튀었다. 거리는 맥주 같았다. 가만있자, 신호등 앞에 서서, 한 번도 푸른 불이 켜진 적이 없다는 것을 생각해냈다. 멸치 몇 마리가 길을 가로지르고 있었다. 왼쪽으로 돌아야 한다. 누군가 내 어깨를 치고 지나갔다. 오랜만이었다. 쇼윈도에는 맥주가 가득했다. 바람이 불자 빌딩이 흔들리

는 것 같았다. 미처 생각하지 못했지만, 길은 복잡하
고 사람들은 분주했다. 비가 와도 눈이 와도 바쁜 신
호등.

문득, 앗, 프랑스
라고 외치고 말았다.

김빠지게도, 눈앞에 그것이 있었다.

아앗, 프랑스

문득, 전화벨이 계속 울렸다. 아무도 받는 사람이
없었다. 나는 아픈 몸을 끌고 전화기가 놓여 있는 탁
자로 갔다. 다들, 어디로 간 거람. 전화를 받자 그냥
끊어져버렸다. 나는 아픈 몸을 끌고 다시 침대로 돌
아왔다. 전화가 다시 울렸다. 나는 전화벨이 계속 울
리도록 내버려두었다. 방 안 가득 전화벨이 울고 있
었다. 어차피 툭, 끊어져버릴 건데, 나는 전화가 우
는 소리를 들었다. 머리가 울렸다. 문득, 13년이나
살면서 아프지 않았던 때가 없었다는 것을 깨달았
다. 나는 끔찍한 불치병에 걸린 거다. 으슬으슬 추워
졌다. 전화는 이제 울지 않는다. 지금은 낮일까. 무
거운 몸을 일으켜 커튼을 걷고 창을 열었다. 밖에는
비가 오고 있었다. 머리가 울고 있었다. 멍멍한 몸은
제멋대로 맥주 캔을 따고 있었다. 침대로 돌아가고
싶어, 한 손에 맥주 캔을 들고 다른 손으로 벽을 짚
으며 조심스럽게 걸었다. 문득, 전화벨이 울렸다. 공
습경보 같은 커다란 소리로 머리를 강타했다. 방심
하고 있던 나는 깜짝 놀라 맥주를 바닥에 쏟았다.

젠장, 아앗, 프랑스
라고 외치고 말았다.

손등까지 빨개지도록 창피했다.

다시, 프랑스

말을 할 수 없게 된 것이 벌써 13년 전의 일이다. 탁자 위 접시에는 멸치 몇 마리가 담겨 있었다. 나는 다 마신 맥주 캔을 방구석의 휴지통으로 던져 넣었다. 비가 오든지 말든지, 전화가 울리든지 말든지 이젠 별 상관이 없었다. 내 입은 맥주를 마시고, 멸치를 토하고, 콜록거리며 기침을 내뱉고, 그녀의 귓가에 숨을 훅, 불어줄 수는 있었지만 말을 할 수가 없게 되었다. 빈 캔은 큰 소리를 내며 휴지통 속으로 빨려들어갔다. 방에는 전화가 한 대 놓여 있었지만, 아무 쓸모가 없었다. 대답을 할 수 없었으니까. 아무도 알지 못하는 전화번호로 가끔 거친 숨소리를 내는 장난전화가 걸려왔다. 나도 숨소리로 응대해주었다. 냉장고 가득 맥주가 쌓여 있어 심심하지는 않았다. 가끔 꿈을 꾸었다. 지하실이다. 비가 내리고 있었고 스파게티 소스 상자가 몇 개 있었고 추웠다. 아, 그뿐이다. 아무 일도 일어나지 않는 꿈. 꿈을 꿀 때는 숨소리가 거칠어졌다. 말을 해본 지도 이제 13년 전의 일이다. 그때의 아이들은 졸업을 하고, 결혼을 하고, 아이를

낳고 몇몇은 죽었다. 비가 내리고 있다. 이곳에서는
늘상 비가 온다. 잠깐 졸았을 뿐인데 벌써 이렇게 시
간이 흘렀다. 심심하지는 않았으니 그걸로 된 거다.
찌그러진 맥주 캔과 빈 스파게티 상자가 가득 쌓여
있는 지하실. 이젠 별 상관이 없다.

　지겨웠던 13년을 생각하며 불어터진
　스파게티를 먹으려다 문득, 나는 어이없게도,
　프랑스,
　라고 외쳐버렸다.

그래도, 프랑스

13년 동안 몇 가지 버릇이 생겼다. 맥주를 마시고는 꼭 캔을 찌그러뜨릴 것, 전화는 절대 받지 말 것, 시계는 쓰레기통에 버릴 것, 약속 시간은 당연히 지키지 말 것, 그런 것들이다. 이쪽 세계는 그런 대접을 받아도 싸다.

인생을 보다 확고하고 명확하게 만드는 몇 가지 버릇.

검고 무거운 커튼을 힘들게 창밖으로 비가 내리고 있는 것을 확인하고 침대에 눕는다. 당연하다, 13년간 비는 그치지 않고 줄창 내리고 있었고 침대 옆에 놓인 불을 껐다. 방 안은 온통 수족관 같았다. 물이 일렁이는 그림자가 어지러웠다. 비가 조금씩 차오르고 있다는 생각은 이미 하고 있었다. 맥주를 한 캔 마실까도 생각해봤지만, 역시, 오늘은 그만두는 것이 좋다.

어느덧 잠이 들었다. 그와 그녀가 누워 있는 침대까지 물이 차오르고 있었다. 홍수다. 형광등 불빛 아래 파리한 그녀, 그리고 조금씩 물이 불어나고 있었다. 몸이 물에 잠긴다. 차갑다. 정말, 지겹고 느리게 조금씩 잠긴다, 조금씩 불어난 물로 귀를 막고 코와 입을 닫고 눈을 가린다. 그녀를 잡은 손에 힘이 스르르 빠진다. 그녀는 급류에 휘말려 떠내려간다. 아, 귀찮아.

어느덧 잠이 깼다. 나는 왼손에 빈 토마토소스 병을 들고 오른손으로는 연필을 잡고 편지를 쓰고 있었다. 이번 홍수에 떠내려간 그녀에게 쓰는 편지다. 몸은 어떠냐는 둥, 잠은 잘 잤냐는 둥, 미안하다는 둥, 벌써 세 장째 써 내리고 있었다. 손에 땀이 났다. 이제 검고 무거운 커튼을 힘들게 창밖으로 편지가 든 토마토소스 병을 던지기만 하면 될 터였다.

번개가 번쩍, 쳐서 물에 잠긴 볼품없는 거리를 비

추었다.

　나는 하늘을 보며 프랑스,

　라고 외쳤다.

　깜짝 놀란 병이 턱, 소리를 내며 물속으로 떨어졌다.

99 반복

너는 생필품

감자 두 개와 한 줌의 쌀, 파 한 쪽이면 하루가 저물었다. 계란 한 개에는 달콤한 너의 목소리가 담겨 있었고 하루 치의 전기 요금은 운동장 한 바퀴를 땀나게 뛰는 것으로 충분했다. 가끔씩 비가 내렸고 바람이 불었지만 쓰레기는 목요일 저녁 늦게나 치워졌다. 발정 난 고양이들이 울어대는 화요일 골목에 가로등이 켜지고 주차장으로 들어오는 차들이 엉켜 붉고 뜨거운 배기가스를 뿜었다. 너의 손에 든 비닐봉지가 부스럭거렸다. 젓가락 한 짝을 떨어뜨리자 우유와 식빵 한 조각, 고기 한 근과 지루하기만 한 버섯이 하루를 삼켰다. 월요일 아침은 떠들고 일요일 저녁은 조용했다. 화장실에 앉아 떨어지는 수요일을 보며 질 낮은 두루마리 휴지를 풀었다. 걱정은 조미료처럼 달콤하고 텔레비전은 너처럼 행복했다. 할인쿠폰은 드라마틱하였고 위태롭다. 어제 지루했던 삶은 오늘, 마찬가지였고 내일 저녁에는 쓰레기가 말끔히 치워질 것이었다.

완벽한 컬렉션 (가)

"취미 생활을 하는 건 적당히 즐거워
이것들 바라보고 있으면 시간 (가)는 줄 몰라"

(가)는 물건을 모은다 모든 것은 진품이다 (가)가
모은 컬렉션들은 전부
진품이다 클린트 이스트우드의 사인북에서 드라
큘라 백작의 송곳니까지
(가)가 모은 모든 것은 진품 컬렉션이다 남미에서
수집한 나비의
눈물 페르시아 고양이의 날개 붉은색 용의 발톱
모두 진품이다 (가)는 기침을 하며 컬렉션 목록을
작성한다 집 앞마당
(가)득히 물건들을 수집한다 생산 연도도 내용물
도 알 수 없는
몇백만 개의 수상한 병들 누구 것인지도 모를 오
래된 머리카락
(가)짜 따윈 없다

모래 폭풍 속 미라 (가)

　(가)는 컬렉션의 먼지를 털어낸다 색색으로 빛나는
네온사인 간판
　박제된 남자 인어와 초식 공룡의
　뼈 콧수염 한 조각 (가)의 끝없는 하품
　뒤집어놓아도 제대로 (가)고 있는 모래시계
　그것들은 진품 컬렉션 병따개들과 마개들과
　셀 수도 없는 마요네즈 빈 병 (가)의 집 마당에 가득
　쌓여 있다 (가)의 소원은 모든 것을 컬렉팅하는 것
　당신의 (진)짜 심장까지도

　목록: (가) 벼운 (가)짜들
　　　 (나) 심장
　　　 (다) 컬렉션

코끼리 하이힐

전화벨이 울린다 어쩌면 내 전화일지 모른다
곧 있으면 날 찾는 전화가 올 거야 불안한 까만색
무선전화기

전화벨 울리는 소리가 난다 무언가 부서지는 소
리 망할 놈의 코끼리 또 뭘 밟았군 전화기는 무사하
다 넌 왜 내 등 뒤로 숨니 내 등 뒤에는 코끼리 한 마
리 떨며 서 있다 더럽고 긴 코 그 큰 덩치로 내 등 뒤
로 숨으려 한다 병신 같은 놈 난 널 숨겨줄 수 없어
허둥지둥 코끼리는 알아듣지 못한다 바람이 전화번
호부 넘기듯 불어온다 부러진 상아가 내 등을 찌른
다 널 숨겨줄 수 없다니까 눈곱 낀 까만 눈동자에는
눈물이, 전화기를 노려보고 있지만 전화는 오지 않
는다 다른 데 가서 숨으렴 푸우 푸우 쓸모없는 입으
로는 침을 뿜어댄다 젠장 전화벨 소리에 머리가 아
파오기 시작한다 코끼리는 야행성 동물 전화벨이 짜
증 나게 울어댄다 코―끼―리―가 여―기―숨―
었―다 코―끼리―가 여―기숨―었다 코끼리는 긴

코로 내 목을 감싼다 저리로 가란 말이야 친한 척하
지 마 전화가 오지 않는다 바람이 전선들을 음산하
게 울리고 있다 코끼리는 엉엉 운다 눈이 빨개지도
록 운다 이제 곧 올 거야 나는 냉담한 표정으로 수화
기를 집어 든다 코끼리는 큰 귀를 펄럭이며 전화요
금 고지서를 방 안 가득 날리고 결심한 듯

　눈이 빨개진 코끼리는 뛰기 시작한다 무시무시한
속력으로 전신주가 서 있는 언덕 위를 향해 뛰어간다

　코끼리가 뛰어간다 하이힐 한 짝이 벗겨져 구른
다, 언덕을 굴러 내려오는 커다랗고 새카만 코끼리
의 하이힐

풀사이드

　전신 수영복은 너무 꽉 끼어 불편하고 수영모는 너무 커서 자꾸 벗겨졌다. 수면 위로 목을 내밀고 거칠게 숨을 쉬어봤지만 하늘은 붉게 물들고 물살이 점점 거칠어지고 있었다. 3번 레인 옆에는 김치찌게가 거칠게 끓고 있다. 모두가 곁눈질로 쳐다본다. 귀마개를 하고 붉게 물든 다이빙 금지 푯말 옆에서 거칠게 풀로 뛰어든다. 물안경 너머 날카로운 눈들. 박수를 치던 선수는 이내 머쓱해져서 샤워장으로 달려간다. 수영모는 너무 커서 계속 벗겨졌다. 소금기 가득한 머리카락. 3번 레인 옆, 선수들은 모자를 벗은 채 김찌찌게를 먹고 있다. 짜다. 상표등록 1028090호 김씨찌게. 너무 짜다. 수영장 곁으로 노을이 내려앉고, 김치찌개 같은 저녁을 준비하고, 거친 선수들은 샤워장으로 향한다. 타올을 집어 들고 집으로 돌아갈 준비를 한다. 선수 중 하나가 다시는 수영을 하지 않을 거라며 거칠게 돌아서 수영장을 향해 오줌을 눴다. 삶은 너무 커서 자꾸 벗겨졌다. 박수를 치던 선수는 금방 머쓱해져서 샤워장으로 돌아갔다.

전신 수영복은 너무 꽉 끼어 불편하고 하늘은 붉게 물들어 김치찌개 같은 맛을 냈다. 배가 고팠고 수영장 물살은 거칠었다.

프랭클린 박사의 하루

　부인은 저녁을 만들면서 생각했다. '프랭클린이 요즘 힘이 없네' 앤절라는 실타래를 굴리며 놀고 있다. '레이먼드는 이미 떠났어, 잊어버려야 해' 가끔 프랭클린 박사는 자기가 현실에서 너무 동떨어져 있는 게 아닌가 고민하곤 한다. 프랭클린 박사의 둘째 아이는 주립 의대 3학년이다. '너무 비싼 학비, 못된 습관, 기타 등등' 프랭클린 박사의 지하 작업실에서 쓸데없는 비명이 울려 퍼진다. '압력이 부족한 건가' 숨도 못 쉴 정도로 밀려드는 죄의식. '그 사고, 벌써 13년 전의 일이네' 창문 밖 앞마당에는 벌써 단풍이 붉게 물들어 있다. 사출성형 프레스 기계에서 세계 정복을 위한 복제 전사들이 풍풍 찍혀 나온다. '전기요금 영수증 어디다 뒀어요?' 전기요금은 내리는 법이 없다. 앤젤라가 음식 냄새를 맡고는 식당 문을 긁어대고 있다. 월간 『군사위성 마니아』를 펼쳐 들며 한숨을 쉰다. '순조로운 하루군' 이번의 적금으로 구입하게 될 m-116 진동 센뇌기가 기다려진다. '음침하고 습기 많은 고성이 하나 있었으면' 언제나 희망

80

사항은, 희망 사항일 뿐이다. 식탁 밑에서는 앤절라가 늘어져 자고 있다. 전화번호부에 매드사이언티스트라고 분류되어 있는 프랭클린 박사의 하루는 그렇게 평범하게 흐른다.

세계 정복 D—1,024

세계 정복 후의 계획은 아직 없다. 문 너머에 뭐가 있는지 앤절라가 모르듯이.

비 오는 유행가

어머니 잊을 수 있나요 멀리 만리타향 이곳에서도
어머니 잊을 수가 없어요 가로등 쳐다보며 난 당
신을 생각합니다
비를 맞으며 남쪽 하늘 저곳에 포근한 고향이 있
다고

바보 같은 일이야 네 두 눈을 보고 있으면 빨려들
어갈 것 같아
무서워 너 그런 사랑 만났으면 좋겠다 사랑 아니
면 아무것도 아닌
사랑 때문에 목숨 거는 사랑 빗물 같은 사랑

미싱은 지금도 돌아가고 있구요 밤에는 폭우가 쏟
아지는데
사십 촉 백열등 아래에서 미싱은 아직도 돌아가고
있거든요
잘 돌아가는 미싱 미싱은 방수처리되어 있나요

아름다운 우리 비 내리는 하늘엔 조각구름 떠 있고
밤비가 노란 불빛 아래
아름답게 유람선 위에도 떨어지네

비 내리는 영동교 비 내리는 스크린 비 내리는 책들
비가 옵니다 하늘에서 펑펑 누렁이는 좋다고 뛰어
다니고
뒤뜰 좁다고 왈왈 짖으며 즐겁게 뛰어다닙니다
길에 비가 쌓였나 오래간만에 버스는 더디게 옵니다

창밖에는 비가 내리고 나는 유행가 가사를 쓴다

철 지난 유행가 가사가 비에 젖는다

제법,

한때는 그 문장, 그 단어들은 시였다. 글자와 글자
는 접착제로 제법 튼튼하게 붙어 있었고, 뼈대는 비
록 얼기설기 엉켜 있었지만 나름 튼튼했고, 알록달
록한 단어들은 제법 아름다웠다. 한때는 그 종이에
시가 쓰여 있었다. 비록 별것 아니었지만 분명, 그건
시였다. 잠깐 시였지만, 지금은 아니다. '제법'이라
는 접착제가 제법 많이 쓰였고 현대시라는 관점에서
는 좀 모자랄 수도 있었겠지만 제법 많은 사람들이
그 시를 한때, 좋아하기도 했었다. 그 시는 분명 시
였다. 지금은 제법 시였던 어떤 것이다. 제법 시다웠
지만 다, 한때의 일일 뿐이다. 그냥 그 종이 위에는
이제, 검은색 글자들과 약간 색이 바랜 여백들과 나
름의 침묵이 남아 있다. 쓴 사람이나 읽는 사람이나
지금 와서는 제법 아쉽지만 수긍하는 수밖에 없다.
뭐, 대단한 일은 아니다. 대단한 일은 아니라고 쓸
뿐이다.

중력의 자장을 벗어난 오늘의 시

김동원
(문학평론가)

1

우리는 지구에 살고 있고, 우리의 행성 지구는 중력을 갖고 있다. 이 힘을 확연하게 감지하기는 어렵다. 거리를 걸어 다니는 동안 어떤 힘이 우리들을 지면 쪽으로 당기고 있다고 느끼는 경우는 전혀 없기 때문이다. 그러니까 이 힘은 체감이 잘되지 않을 정도로 약하다.

하지만 이 힘이 그렇게 약한 것은 아니다. 과학자들의 연구 결과에 따르면 심지어 이 힘은 달의 자전 속도마저 늦출 정도로 강력한 힘이다. 현재의 달은 공전주기와 자전주기가 일치하는 동주기의 자전 속도를 보여주고 있지

만 과학자들은 달이 오래전에는 현재보다 훨씬 빠른 속
도로 자전하고 있었다고 말한다. 그러나 지구의 중력 때
문에 서서히 자전 속도가 줄어들었고, 결국은 현재와 같
이 같은 면만 지구로 향한 채 멈춘 듯이 보이는 동주기의
자전 속도에 이르렀다는 것이다. 그렇게 보면 달처럼 거
대한 위성에 영향을 줄 정도로 강력한 것이 지구의 중력
이기도 하다.

계속 과학의 설명에 기대보면 우리들이 발을 굴러 공
중으로 뛰어올랐을 때 다시 지상으로 떨어지게 되는 것
도 중력 때문이다. 그러나 그 경우 우리는 떨어진다고 느
끼지 어떤 힘이 우리를 아래로 끌어당기고 있다고 느끼
지 않는다. 중력은 작용하지만 체감되지는 않는다. 그만
큼 중력은 자연스럽다.

그렇다면 문학의 한 장르인 시는 어떨까. 시도 중력을
가질 수 있을까. 시란 장르는 시라고 불리는 어떤 문학적
유형을 만들어내고 그러면 이러한 유형은 지구와 마찬가
지로 하나의 중력으로 작용할 수 있다. 지구의 중력이 작
용하면 물체는 지구의 중력장을 벗어날 수 없다. 시의 중
력이 작용하면 시인들의 시는 시라는 이름의 어떤 유형
을 벗어나지 못하게 된다. 우리가 지구의 중력 속에서 자
연스럽게 살듯이 시인들의 시는 시의 중력을 아주 자연
스럽게 산다.

그러나 우리는 한편으로 지구의 중력을 벗어나 우주로

가보고 싶어 한다. 우리의 위성 달에 가보고 싶어 하고, 실제로 가보았다. "붉은 죽음의 별" '화성'[「화성 이민」, 서정학의 첫 시집 『모험의 왕과 코코넛의 귀족들』(문학과지성사, 1998)에 실려 있다]으로 탐사선도 보냈다. 시인들은 어떨까. 시인들 가운데도 시의 중력, 예를 들어 아름답고 감각적인 문구, 서정학의 표현을 빌면 "알록달록한 단어들"(「제법,」)로 제법 아름답게 꾸며진 문구 속에 시를 묶어놓으려 하는 모종의 자장으로부터 벗어나 다른 우주로 가보고 싶어 하지 않을까.

서정학은 그렇다. 이미 구성된 시의 자장 내에서 시세계를 향유하려고 하는 시인들이 있는데 반하여 서정학은 그 세계를 벗어나려 한다. 그렇다면 시의 중력을 벗어난다는 것은 과연 어떤 의미일까. 그의 두번째 시집 『동네에서 제일 싼 프랑스』를 읽는 동안 시집에 실린 시들이 우리들에게 그 답을 들려줄 것이다.

2

지구의 중력 내에서 살 때는 지구에 살면서도 지구를 전체적으로 조망할 수가 없다. 중력을 벗어나 우주로 나갔을 때 우리는 비로소 지구를 최초로 조망한다. 삶의 터전으로서의 지구가 아니라 행성으로서의 지구를 대면하는 최초의 순간이다. 아주 멀리 벗어나면 행성으로서의 지구는 점에 불과해진다. 그곳의 삶은 보이지도 않는다. 지구에 대한 시각이 달라질 수밖에 없다.

시의 행성에서도 마찬가지 일이 벌어진다. 시의 행성을 벗어나면 그간 우리가 살았던 시의 세상이 다른 시각에서 조명된다. 서정학의 경우도 마찬가지이다. 『동네에서 제일 싼 프랑스』에서 접하게 되는 첫 시 「제일 앞자리엔 채리가 앉는다」는 우리들이 갖고 있는 시에 대한 일반적 인식과는 전혀 다른 얘기를 들려준다.

시는 사람들의 일반적 인식 속에서라면 과실에 가까울 것이다. 시인이 다듬고 가꾸어냈다는 측면에서 그렇다. 시를 읽는 행위가 시를 맛보는 것에 비유될 수 있다는 측면에서 봐도 시는 과실에 가까워진다. 하지만 시에 대한 서정학의 태도는 이러한 일반적 인식을 비껴간다. 그는 "역시, 시를 쓰는 건 꽤, 황당하게도 그리고 입안에서 오물거리며 씨를 멀리 퉂, 뱉는 것처럼 제법 몰지각한, 개인적인 또, 그런 일이다"라고 말한다. 즉 시를 세상에 내놓는 일이 잘 익은 과실을 독자에게 내주는 것이 아니라 과일을 다 먹고 나서 "씨를 멀리 퉂, 뱉는" 일에 가깝다는 것이다. 이 때문에 시는 황당하고 몰지각하며 개인적인 일이다. 황당하고 몰지각한 일을 아무 앞에서나 벌일 수는 없다. 때문에 시를 써서 내놓으려면 이런 일이 용납되는 어떤 특별한 관계의 개인적 존재가 있어야 한다. 서정학에게 있어 그 존재는 '채리'이다. 그가 "그래서 앞자리에 누군가의 채리가 앉아야 한다"고 말하고 있는 것은 그 때문이다. '채리'가 누구인지는 시에선 짐작할 수가 없다. 하지만 시의 내용은 그 존재가 어떤 존재인지를 분명하게 구획해주고 있다. 그 존재는 씨앗으로서의 시를 내놓는, 시인의 얘기에 의하면 황당하고 몰지각한 일마저 이해하고 용납해주는 존재이며, 그 존재의 이름이 시인에겐 채리이다. 이름이 쓰인 것은 존재와의 개인적 관계를 확연하게 드러내기 위함이었을 것이다.

서정학의 시에 대한 입장을 독자의 입장으로 바꾸면 시는 시인이 건네준 과실을 건네받아 그 과실을 맛보는 행위가 아니라 시인이 다 먹고 난 뒤에 뱉어놓은 씨앗을 건네받는 일이다. 읽는 자들이 맛볼 수 있는 것은 남아 있지 않다. 시가 시인이 다 먹고 뱉어놓은 씨앗이기 때문이다. 이 경우 독자가 할 수 있는 일은 그 씨앗을 심어서 키우고 과실이 열리길 기다렸다가 열매를 수확하는 일이다. 따라서 시를 읽는다는 것은 맛보는 행위가 아니라 재배하는 일이 된다. 시를 맛보는 것은 오히려 시인의 특권이 된다. 시인은 시를 맛보고 독자는 시인에게 받은 씨로 시를 재배하고 길러야 한다. 독자의 맛보기에는 오랜 시간이 걸릴 수 있다.

시를 과실이라기보다 하나의 씨앗으로 보는 입장은 일반적 인식과 다르긴 하지만 사실 받아들이기에 크게 어렵지는 않다. 생각해보면 과실의 맛은 이미 정해져 있다. 서정학은 그 상황 속에선 "시를 읽는 당신은 그냥 그것 하나만 읽게 된다"고 말한다. 그것 하나란 "익숙한 결론" 이다. 나는 그것을 익숙한 맛으로 이해했다. 아마도 독자 는 익숙한 맛이 아니면 곧바로 입에 문 과실을 뱉어버릴 것이다. 씨앗을 심은 뒤 가꾸고 길러내는 행위가 시를 읽 는 일이 되면 양상이 달라진다. 일단 독자는 과실을 거둘 때까지는 맛을 짐작할 수 없다. 그리고 과실을 거둘 때쯤 시는 시인의 것이 아니라 독자의 것이 되어 있을 가능성 이 높다. 씨앗으로서의 시는 시를 시인에게서 독자에게 로 완전히 이전시킬 수 있다. 따라서 독자에겐 씨앗으로 서의 시가 훨씬 바람직하다. 그러니 시를 씨앗으로 보는 시각은 사실은 얼마든지 수용할 수 있다. 그러나 서정학 의 시에 대한 입장은 이에 그치지 않는다.

당혹스럽게도 그는 시를 '파리'에 비유한다. 그는 "시 를 쿨쿨, 읽어도 지겨운 파리를 귀찮게 쫓아 보낼 수 없 다"고 말한다. 나는 이 구절의 "쿨쿨"을 시를 읽다가 졸 려서 잠들게 된 순간으로 읽었다. 그러니까 시는 재미나 거나 감동을 선사하기보다 읽는 사람을 졸립게 만들 수 있다. 그런데 시는 졸리게 만들면서 동시에 잠을 방해한 다. 그것도 파리처럼. "일상은 편집되지도 않고 축약할 수 도 없고 당연히, 간단히 무심히 설명할 수도 없다"고 말 한 시인의 얘기를 나는 그에 대한 이유로 보았다. 이때의 일상은 시를 대할 때 우리들이 겪게 되는 일상일 것이다. 시는 일목요연하게 알아들을 수 있게끔 어떤 의미로 재편되지 않는 경우가 흔하다. 서정학의 시가 특히 그렇다는 얘기도 된다. 아울러 축약할 수도 없다. 소설의 줄거리 요약하듯 시를 읽을 수는 없다는 뜻으로 받아들였다. 간단하게 설명할 수 없는 시들은 수없이 많다. 때문에 시는 읽다 보면 졸립다. 그런데 아울러 잠도 잘 오지 않게 만든다. 그런 점에서 시는 파리 같은 존재이다. 서정학은 첫 시집에 실린 「믿거나 말거나, 따분한 오후의 낮잠」에서 파리를 가리켜 "따분한 오후의 낮잠에서는 파리가 강력한 방해자"라면서 "도대체 파리에게는 말이 통하질 않는다"고 말했었다. 그의 두번째 시집에선 시가 그 파리의 신세가 된다. 이런 상황에 처하면 시집은 "그냥 한 무더기 종이 뭉치가 될 뿐"이다. 서정학의 눈에 시는 씨앗이자 파리이다. 때문에 그는 시를 '씨파리'라고 부른다. 그것은 누군가 잘 가꾸면 발아되어 시라는 이름의 과실로 영그는 씨앗이기도 하지만 동시에 낮잠을 방해하는 파리가 될 수도 있다는 뜻일 것이다. 시는 씨앗과 파리의 갈림길에 서 있다. 당연히 씨앗으로서의 시를 향유할 수 있어야 시인이나 시를 읽는 사람 모두에게 좋을 것이다. 시인은 그것을 가능하게 해주는 어떤 운명을 '채리'의 몫으로 돌리고 있으며, 시를 둘러싼 이러한 관계를 매우 개인적인 관계라고 규정짓는다.

누군가의 채리가 자리에, 그것도 익숙한 앞에 앉아야 다음 장을 넘길 수 있다, 지극히 개인적으로. 응. 그러니 애초에 다 정해져 있는 거다. 씨니까

—「제일 앞자리엔 채리가 앉는다」 부분

'채리'는 시의 처음과 시의 다음을 가능하게 해주는 존재다. 서정학에게 있어 시의 다음은 발아되어 자라나고 드디어 과실을 맺는 나무가 될 것이다. 시는 시를 맛보는 존재가 아니라 시를 길러내는 존재를 필요로 한다. 하지만 나는 길러낸다는 행위를 무슨 대단한 일이라고 생각지 않는다. 맛보는 행위는 순간이지만 길러내는 행위는 오래도록 곁에 두고 함께하기를 요구한다. 시를 곁에 두고 씨앗의 싹을 틔우듯 자주 읽는 행위 정도가 될 것이다. "개인적'이란 말에도 특별히 비밀스런 의미가 있다고 생각지 않는다. 개인적 관계 속에선 사소한 것도 소중해질 수 있다. 아니 개인적 관계 속에선 존재 자체가 소중해진다. 운명처럼 시집을 사고, 그것은 '종이 뭉치'로 버려질 수도 있지만, 동시에 그것으로 우리는 시인의 '채리'가 될 수 있다. 오랫동안 곁에 두고 읽으며 시 자체를 소중하게 여기는 관계가 되었을 때 시를 읽는 사람들은 모두 그 시의 '채리'다.

이렇게 정리를 하고 나면 시가 씨앗이라는 서정학의

입장이 이해가 가긴 하지만 한 가지 궁금증이 남는다. 그렇다면 우리가 그동안 알고 있던 시란 무엇일까. 서정학은 사람들이 시라고 알고 있는 것의 상당수가 "라디오에서 읽어주는 엽차 같은 시"(「중요하지 않은 뭔가의 부국장, 그리고 그의 청춘.」)였을 수 있다고 말한다. 엽차는 이름은 차이지만 동시에 차가 아니다. 엽차가 차란 이름에 값한다고 생각하는 사람은 하나도 없다. 엽차를 차로 즐기려는 사람도 없다. 그런데 시의 세상에선 그런 일이 벌어진다. 시인들이 엽차만 내놓고 정작 내놓아야 할 실제의 차는 내놓지 않는다. 사람들도 엽차 같은 시를 즐기려고만 한다. 실제 우리가 마시려고 했던 차에 곁들여 목을 축이는 것이 엽차의 용도이지만 그것이 역전되어 있는 것이 상황이 시의 이름으로 너무 흔하다. 우리는 시의 이름으로 사실은 목만 축이고 있는 것인지도 모른다.

나는 서정학이 그동안 시라는 이름으로 불리던 것을 모두 부정하고 있다고 생각지 않는다. 중력을 벗어나 우주로 가보고 싶어 하는 욕망이 중력을 부정하는 것은 아니다. 다만 서정학은 시에 대한 자신만의 태도로 시라는 이름으로 형성된 세상의 중력을 벗어나보고 싶어 하며, 그 모색을 통하여 새로운 시의 세계를 열고 싶었을 것이다. 그렇다면 그가 열어놓은 시의 세계는 무엇을 보여주고 있는 것일까. 이제 그것을 살펴볼 차례이다.

3

지구의 중력을 벗어나 우주로 가고 싶어 하는 것은 우주를 알고 싶다는 욕망에서 시작된다. 그런데 때로 이상한 일이 벌어진다. 우주 탐험을 통하여 지구와는 다른 놀라운 세상이 아니라 오히려 우리가 드러날 때가 있다. 가령 우주는 지구상의 모든 물체와 생명체의 근원을 이루는 원소가 별의 폭발로 생성된다고 말한다. 우리는 우주 탐험을 통하여 우주를 알아보려고 했으나 우주는 우리들이 별의 아이들이라고 말해준다. 서정학의 시에서도 같은 일이 벌어진다. 그의 시는 시의 중력을 벗어나려고 하지만 그가 시의 자장을 벗어났을 때 우리들이 보게 되는 것은 바로 우리들 자신이다. 그의 시 속에서 만나는 우리는 과연 어떻게 살고 있을까.

서정학은 우리들이 아주 힘들게 살고 있다고 말한다. 우리도 알고 있는 사실이다. 하지만 서정학은 이 사실을 아주 독특하게 드러낸다. 그의 시 속에서 우리의 힘든 삶을 확인해주는 것은 공연 기회를 얻기 위해 지구를 찾아온 외계인이다. 시인은 "초전자행성전문파괴강력무시더듬광선에 의해 파괴된 자칭 '아름다웠던' 그들의 행성"이 그들이 버리고 떠나야 했던 행성이라고 일러준다. "그들의 음악은, 우주를무한대의육감으로마구더듬는스페이스락,이라는 그들의 전 우주적인 수사에도 불구하고 내 귀에는 그저, 춤추기에 적당한, 그러나 박자가 좀 어리숙한 댄스음악 같았다"(「종이상자」)는 평가도 제공한다. 그들의 지구 정착은 호락호락하질 않으며 무대에 설 기회도 쉽게 주어지지 않는다.

무대에 서기 위해서는 더 노력하라는 쇼프로 프로듀서의 말을 들었다며, 그들 중 하나가 눈물을 흘렸다. 몰락한 왕조의 구슬픈 삶처럼 노력 없이 되는 것은 없다는 걸 깨달았다나, 그들이 뜨겁게 사랑받을 수 있는 새로운 행성을 찾아 떠나고 싶다고 했다.

—「종이상자」 부분

그들 중 한 명이 자신이 첫번째, 혹은 두번째로 이 땅에 제대로 착륙한 외계인이라고 우겼다. 다른 하나는 60억 자기 종족이 끊임없이 새 땅을 찾아 떠났으므로 아마도, 지구에 성공적으로 정착한 이들도 있을 거라 우겼다.

—「뜨거운 사랑」 부분

시인은 외계인이라고 했지만 우리는 시를 읽으며 외계인의 자리에 우리들을 중첩시키게 된다. 청년들이라면 헬조선이란 말을 외계인의 지구에 곧바로 중첩시키게 될 것이다. 헬조선이란 말 속엔 지옥과 조선이라는 시대적 과거가 결합되어 있다. 우리는 오늘을 사는 것이 아니라

발목을 잡고 있는 과거의 지옥을 사는 것인지도 모른다. 외계인들이 찾아왔다고 해도 적응하기 어려웠을 곳이 우리가 사는 지구이며, 우리가 그 힘든 세상을 살고 있다.

우리의 세상은 아울러 종이상자의 세상이다. 상자는 나무나 금속으로 만들어지면 무엇인가를 담아 오래도록 쓰려는 목적을 가지지만 종이상자는 한 번의 사용을 목적으로 한다. 한 번 쓰고 버려진다. 종이상자가 널리 쓰이게 된 것은 편리 때문이다. 택배의 세상이 온 것도 이에 한몫했을 것이다. 그런데 이 종이상자의 세상은 우주적이다. 공연 무대를 찾아 지구를 찾아온 외계인들의 비행선도 종이상자처럼 부실하다. 시인은 그들의 비행선을 "종이상자 몇 개를 엎어놓은 듯한 그들의 비행선은 너무도 낡아서 한눈이라도 팔았다가는 금방, 수거해 가버릴 것만 같았다. 그들도 사실을 알고 있는지 누군가 한 명은 꼭 남아서 비행선을 지킨다고 했다"(「종이상자」)고 전한다. 그 우주선의 부실함은 "변변한 방수시설도 되어 있지 않은 종이상자 같은 우주선"(「뜨거운 사랑」)이란 말로 다시 한 번 확인된다. 우리는 부실한 상자에 모든 것을 담기 시작한 세상을 살고 있다.

종이상자의 세상에 대해선 수용하기 어려운 부분이 있다. 외계인이나 지구인이 그 종이상자에서 찾거나 담으려고 하는 것이 '사랑'이라고 말하는 구절이 반복해서 등장한다는 점이다. 심지어 '종이상자'가 곧 '사랑' 자체가 되기도 한다.

　　그들 모두 사랑에 목마르고 배고프고 떨고 있다고 했다.
　　그들 중 하나가 흠뻑 젖은 종이상자를 어루만지며 사랑,이
　　라고 외쳤다.
—「뜨거운 사랑」 부분

　　종이상자는 종이로 만들어져 있지만 시인은 그것의 원
료가 "뜨거운 사랑"이라고 말한다.

　　뜨거운 사랑을 원료로 하는 종이상자가 바람에 흔들거
　　렸다.
—「종이상자」 부분

　　「종이상자 연구소」에서 만들려고 하는 것 또한 "사랑
이 담기는 종이상자"이다.

　　사랑이 담기는 종이상자는 재질이 다르냐는 기자의 질문
　　에 약간 당황한 표정을 짓더니, 코팅입니다,라며 멋적게 웃
　　었다.
—「종이상자 연구소」 부분

　　종이상자와 사랑의 사이는 간극이 넓어 보인다. 종이

상자는 쉽고 간단하게 대량으로 만들어낼 수 있다. 오래 보관할 수 없지만 얼마든지 새로 구입해서 쓸 수 있다. 사람들은 사랑은 쉽고 간단한 것이 아니라고 말한다. 공장에서 물품 찍어내듯 뚝딱 만들어낼 수 없는 것이 사랑이란 것을 알고 있다. 그런데 시인은 종이상자가 곧 사랑이고, 사랑이 그 원료이며, 사랑을 종이상자에 담을 수 있다고 말한다. 금방 수용하기가 쉽지 않다. 하지만 혹시 이 시대의 사랑은 이제 종이상자처럼 변해버린 것은 아닐까. 부실하고 오래 지속되지 못하며, 또 오래 보관할 필요 없이 새로운 것을 취할 수 있는 것으로 변해버린 것은 아닐까. "물을 붓고 3분만 기다리면 바로 사용할 수 있"으며, "사람 키 높이까지 쌓아 올린 캠프파이어 모닥불처럼 3분 만에 활활 타"오르고, "누군가 인스턴트라서 금방 꺼질 거라고 했지만 쉽게 꺼지지도 않았고 제법 쓸 만"(「인스턴트 사랑주스」)하다고 느끼게 된 것이 이 시대의 사랑이 아닐까.

서정학의 시 속에서 우리의 삶은 곧 전쟁이다. 우리도 삶이 전쟁 같다는 것은 알고 있다. 그렇다고 우리가 삶과 전쟁을 혼동하는 것은 아니다. 우리는 삶이 전쟁 같다고 말하지만 암암리에 삶과 전쟁을 구별한다. 서정학은 그렇지 않다. 그의 시에선 삶과 전쟁이 구별되어 있지 않다. 예를 들어 시 「선착장」을 들여다보면 전체적으로 "성공적인 간척 사업으로" "아파트와 유원지"로 변해버린 예전의 선착장 지역으로 도시락을 배달하며 사는 누군가의 일과를 그리고 있는 것으로 짐작된다. 그러나 시는 그 도시락을 "연합군의 작은 희망"이라고 말하면서 어떤 전쟁 상황의 느낌을 강화한다.

> 계획은 아무 차질 없이 진행되고 있는 듯 보였다 그녀가 나의
> 　손을 잡아끌었다 우리는 나이트클럽의 뒷문을 향해 달렸다 다른 루트로
> 　잠입하던 일행은 총살되어 광장에 매달려 있다
> 　　　　　　　　　　　　　　　　　　　　―「선착장」부분

도시락 배달의 업종에 치열한 경쟁은 있을 수 있다. 그러나 도시락 배달을 하다 총살되는 사람은 없다. 물론 우리는 살아가기 위해 사람들이 겪어야 하는 삶이 총살의 위협에 내몰린 전쟁 상황 못지않다는 것을 알고 있다. 우리의 삶은 그렇게 내몰리고, 어떤 이는 그 삶을 견디지 못해 목을 매 자살을 한다. 우리에게선 자살이나 서정학의 시에선 자살은 없다. 우리에게선 삶과 전쟁이 분리되어 있지만 그의 시 속에선 삶이 전쟁 같으면 삶과 전쟁은 분리되지 않는다. 우리는 지금 전쟁 중이 된다.

예를 하나 더 들어본다. 시 「도파민」은 남편의 도시락에 콩과 같은 것으로 사랑이라는 문구를 새겨주는 신혼

부부의 사랑과 그 둘의 사랑을 놀려먹는 회사 직원들을 생각나게 하지만 시는 그 일상에 반란군이란 말을 뒤섞어 넣으며 아주 일상적인 상황을 전쟁 상황으로 뒤바꾼다.

그가 도시락을 열었을 때 검은콩으로 만든 '자유'라는 글자가 보였다. 동료들은 모두 신음했다. 그와 그의 가족은 반란군의 일원이었던 것이다.

—「도파민」부분

원래 '자유'라는 글자의 자리에는 '사랑'이 있었을 것이다. 그러나 사랑은 자유로 대치되고, 그것은 "그와 그의 가족"이 "반란군의 일원이었"다는 증거가 된다. 우리도 알고 있다. 사랑이 종종 전쟁이 된다는 것을. 그러나 사랑할 때는 아무도 그 사실을 모른다. 서정학은 동전의 양면처럼 사랑의 이면에 전쟁이 있다고 말해준다. 그가 그 사실을 우리에게 일러줄 때 사랑은 전쟁과 구별되지 않는다.

프랑스는 어디에 있을까. 당연히 프랑스에 있을 것이다. 그러나 그렇지 않다. 서정학의 시 속에서 프랑스는 세계 도처에 있을 수 있다. 사실 지금의 세상은 프랑스는 프랑스에 있고, 한국은 한국에 있는 세상이 아니다. 한국에도 프랑스가 있다. 아니 한국에 프랑스가 있는 정도가 아니라 프랑스가 시인이 가는 곳곳에 널려 있을 수 있다. 우리도 그 사실을 알고 있다. 세계화의 흐름 속에서 세계가 구별 없이 뒤섞이고 있다는 것을. 서정학은 그것을 알려줄 때도 한국과 프랑스를 구별 없이 뒤섞는다.

그 때문에 서정학이 프랑스를 말할 때면 프랑스가 보이는 것이 아니라 한국이 보인다. 시인이 "누군가 필사적으로 에펠탑을 향해 소리치며 누군가는 큰 소리로 라 데팡스를 향해 울었다"고 말해도 "스무 개가 겨우 천 원이라는 상상 초월 대박 가격에 모든 사람들은 뛰기 시작했다"(「동네에서 제일 싼 프랑스」)고 말했을 때 우리는 할인 판매에 몰려든 우리들의 흔한 일상을 보게 된다. 그것은 프랑스가 아니라 사실은 한국이다. 그런 점에서 그가 "13년이나 살"(「앗, 프랑스」)았다고 몇 번에 걸쳐 강조하고 있는 프랑스는 사실은 13년간 산 한국이다. 13년은 짧은 기간이 아니다. 한순간의 혼동이 아니라 그런 긴 시간에 걸쳐 한국은 얼마든지 프랑스가 될 수 있다. 언제 어디서나 느닷없이 눈앞의 한국이 프랑스가 될 수 있다.

문득, 앗, 프랑스
라고 외치고 말았다.

김빠지게도, 눈앞에 그것이 있었다.
—「앗, 프랑스」 부분

한때 프랑스는 고가품의 대명사였다. 하지만 이제 그런 것은 없다. 프랑스는 '저렴한' 가격으로 소비된다. 그리고 저렴한 가격으로 소비될 수 있으면 프랑스는 얼마든지 한국에 있을 수 있다. 그것이 세계화의 시대를 살아가는 우리의 오늘이다.

4

중력이 없는 세상에선 지구의 보행이 그대로 유지되지 않는다. 시가 텍스트로 이루어지는 시의 보행이라면 중력을 벗어난 보행이 그간의 보행과 같을 수는 없다. 특히 서정학의 시는 그간 우리들이 봐왔던 것과는 다른 표현을 보여주며, 특히 띄어쓰기를 잘 지키지 않는다. 시에서 띄어쓰기는 반드시 지켜야 할 덕목은 아니지만 너무 노골적으로 띄어쓰기가 무시되곤 한다.

누르, 고싶다누, 르고싶다, 누르고 싶다.
　　　　　—「초현실적인 기계장치와 푸른 나무들」 부분

우리는 정상적인 문장의 형식을 알고 있다. 그것은 뒤에 쉼표를 찍어가며 누르고 싶다를 세 번 반복한 문장일 것이다. 하지만 시인은 띄어쓰기를 정확하게 하지 않는다. 무중력 상태에서의 보행이기 때문일 것이다. 그러나 이 보행은 뜻하지 않는 효과를 거둔다. 누르고 싶다를 세 번 반복하는 문장에선 누르고 싶다는 마음만 보이지만 그의 문장에선 그 마음과 함께 주저스러운 마음이 함께 보인다. 중력의 자장에 묶인 세상에선 볼 수 없는 표현이다.

예를 하나 더 들어보자.

> 온통, 이었다. 벌어진 틈으로 다른 상자들이 늘어서 있는 것이 보였다.
> ―「종이상자 선반」 부분

"온통, 이었다"는 표현은 무엇인가 빠져 있는 표현이다. 시의 맥락으로 보면 '온통'의 뒤에는 "종이상자들"을 적어놓아야 할 것으로 보인다. 하지만 시인은 이 말을 적지 않는다. 그러나 내겐 '온통'과 쉼표, 그리고 그 뒤의 '이었다' 사이에 놓인 빈 공간이 "종이상자들"을 생략한 자리로 보이질 않았다. 나는 바로 뒤에 나온 구절의 "벌어진 틈"이란 말을 읽으며 혹시 이 빈 공간이 종이상자들 사이에 난 빈틈, 바로 "벌어진 틈"은 아닐까 하는 생각을 했다. 내 짐작이 맞는다면 시인은 종이상자들이 잔뜩 쌓여 시야를 막고 있는 사이로 보이는 빈틈을 그곳에 들어갈 말을 생략하며 시각화한 것이다.

무중력 상태에서의 보행은 지상의 보행과 다르다. 무중력의 공간에선 대개 걷지 않고 둥둥 떠다닌다. 시인이 시의 중력을 벗어난 곳을 살고 있다면 그곳에서의 텍스트도 지상과는 다를 수 있다. 그의 시에서 무시되는 띄어쓰기는 그 때문일 것이다.

5

서정학의 『동네에서 제일 싼 프랑스』는 5부로 나뉘어 있다. 그러나 그 5부의 각각에 붙어 있는 숫자는 순서를 지키지 않는다. 그 각각엔 17, 06, 04, 00, 99라는 숫자가 붙어 있다. 연도로 보인다. 말하자면 1부는 2017년, 즉 지금의 시점에서 현재를 가리키고, 시집이 진행되면서 이들 연도는 1999년으로 흘러간다. 시인의 첫 시집이 1998년에 나왔으므로, 이러한 구성으로 본다면 시집의 흐름은 현재에서 과거로 흘러간다.

이 역행적 시간 구성은 서정학이 이 시집의 기준을 2017년 현재로 두고자 하였기 때문으로 읽힌다. 1998년, 첫 시집을 펴낼 때, 시인은 시인의 말에서 "이 책의 가치는, 지금 현재, 집 앞 슈퍼의 신라면 11.1개 혹은 새우깡 12.2봉지, 또는 ses앨범 트랙 4.1개만큼의 가치가 있다"고 적어놓았었다. 당시 시집의 가격은 5천 원이었다. 그가 시집의 가치라고 말한 것은 사실은 시집 가격으로 구입할 수 있는 신라면이나 새우깡의 개수이다. 시인도 시집의 가치가 가격에 있지 않음을 알고 있었을 것이다. 하지만 가격은 그 가치의 출발점이 된다. 시인은 그것을 부정하고 싶지 않다. 시의 가치는 아울러 현재를 출발점으로 삼는다. 그가 현재를 시의 기준으로 삼는 것은 시의 과거가 중력을 형성하기 때문이다. 때문에 과거를 시의 출발점으로 삼으면 시는 그 중력장을 벗어나지 못할 가능성이 크다. 중력을 벗어나 시를 향유하려면 시는 항상 현재를 기준으로 삼아야 한다.

6

『동네에서 제일 싼 프랑스』를 읽으면서 나는 묻지 않을 수 없었다. 우리는 과연 현재를 살고 있는 것일까. 서정학의 시는 그에 대해 고개를 가로젓는다. "회사 부국장이" "누런 갱지에 시를" 쓸 때, 그것도 "정성 들여 한, 자한자 볼펜으로 정서"(「중요하지 않은 뭔가의 부국장, 그리고 그의 청춘」)할 때, 그가 사는 시간은 어떤 시간일까.

시는 기원이 오래된 장르이다. 혹시 기원이 너무 오래되어 사람들은 시를 쓸 때면 오늘을 살지 않고 과거로 돌아가서 과거를 사는 것은 아닐까. 우리들이 시를 읽을 때도 똑같은 현상이 발생하는 것은 아닐까. 우리들은 시를 읽을 때면 과거로 돌아가서 과거의 시를 살려고 하는 것이 아닐까. 그것이 시가 갖는 중력의 힘 때문은 아닐까.

가만히 앉아서 이곳을 사는데도 세계가 이곳에 넘쳐나는 시대에 우리는 우리가 과연 이곳을 살고 있다고 장담할 수 있는 것일까. 우리는 혹시 '13년'을 한국에서 살면서 사실은 "아프지 않았던 때가 없었"을 정도로 세계를 앓고 있었던 것은 아닐까. 문득 울린 커다란 전화벨 소리에 깜짝 놀라 손에 들었던 맥주 캔에서 "맥주를 바닥에 쏟았"을 때 "젠장, 아웃, 프랑스"(「아웃, 프랑스」)라고 외칠 만큼 한국에 살면서도 동시에 프랑스를 살아온 것은 아닐까. 그러면서 우리는 여전히 이곳을 살고 있다고 착각하고 있는 것은 아닐까. 만약 그렇다면 우리의 착각은 어디에서 나오는 것일까.

내 짐작으로 그 착각은 중력에서 나온다. 중력은 우리들을 지구에 붙들어두는 힘이지만 우리는 암암리에 과거의 중력에 붙들려 있기도 하다. 그런 점에서 오늘을 산다는 것은 쉽지 않은 일이다. 우리는 오늘을 산다고 생각하면서 사실은 과거를 산다. 시도 그럴 수 있다. 모든 시가 과거를 살고 있을 수 있다. 그런 시가 잘못되었다는 뜻은 아니다. 다만 오늘을 사는 시도 있어야 하지 않을까. 그런 점에서 보면 서정학의 시는 오늘을 살고 있다. 그는 과거의 중력을 벗어나 있다. 그는 시의 운명을 이렇게 말한다.

한때는 그 종이에 시가 쓰여 있었다. 비록 별것 아니었지만 분명, 그건 시였다. 잠깐 시였지만, 지금은 아니다. [……] 그 시는 분명 시였다. 지금은 제법 시였던 어떤 것이다. 제법 시다웠지만 다, 한때의 일일 뿐이다.

—「제법」 부분

　제법은 충만과 부족을 동시에 갖는다. 상당히 채워져 제법이 되지만 동시에 여전히 부족하여 또 제법으로 남는다. 그것은 세상의 모든 시가 가지게 될 운명 같은 것이다. 그 운명 속에서 시인들은 각자의 길을 갈 수밖에 없다. 영원히 남게 될 시를 쓰고 싶은 것이 시인의 욕망이겠지만 시의 운명은 애초부터 그렇질 못했다. 그 운명을 시간이 가르며, 시간이 흐르면서 세상은 변하고, 시도 변한다. 자명한 일이지만 때로 우리는 시에 대해선 그 변화에 저항하고 과거를 고집한다. 아니 고집한다기보다 그것은 중력의 영향 때문이다. 그 와중에 지구 중력을 뿌리치고 우주로 간 사람들이 있었듯이 시인들 가운데서도 시의 중력을 벗어나 또 다른 시의 세상을 열고 싶어 하는 시인들이 있다. 그들이 시의 중력을 벗어나면 미래로 가는 것이 아니다. 중력은 우리들을 과거에 붙들어놓는다. 중력을 벗어난 시인은 오늘을 산다. 서정학의 시는 오늘을 살려고 한다. 그 오늘은 다시 과거가 되겠지만 처음부터 과거를 살았던 시와는 달리 그의 시가 처음에 산 것은 오늘이다. 그의 시는 과거의 중력을 벗어난 오늘의 시이다. ▨